歌集

人間の声

中道 操

六花書林

人間の声　*　目次

I

Ⅳ

人間の声

装幀　真田幸治

I

一九九八（平成一〇）年九月〜二〇〇二（平成一四）年

蛇の目蝶

真上から富士山描き「空とぶ絵師」の異名とりたり橋本玉蘭
（『武蔵野の春』特別展図録による）

玉蘭作武蔵国《むさしのくに》全図にあらはされ「五拾余町両岸桜堤」の玉川上水

しらしらと風にひらめくはまたたびか青葉小暗き山のなだりに

岩むらのあひに咲きゐる女郎花の花せせりをり蛇の目蝶ひとつ

サンダルを素足にはけるギャルにしてその爪は紫の貝殻に似る

退職金

老夫《らうふ》などほつたらかして颯爽とクレタ島など歩いてみたし

暗き目にラヴェルのボレロ踊りゐしジョルジュ・ドン恋ほしエイズに死にき

なけなしの退職金をかぎつけて銀行員にこやかな顔で来たりぬ

銀行員ノルマ負へるらし金融危機にはふれず預金を必死に口説く

夢も希望も買ふには足らぬ退職金葬式代に預けおかむか

ロダンの晩年

巣の雛をかばひて立てるニホンコウノトリ眼《まなこ》鋭し近づくわれに

リーダーのあとに連なりレッサーパンダ泥を蹴立てて練り歩きゆく

草深き小径に入れば細声にまつはれる蚊よ夏も果つるか

映像がロダンの晩年伝へをりポルノグラフィーのみを描きしと

沼の水濁るに似たるわれの眼か手術を経しにしばしば霞む

（網膜剝離）

雑巾を縫ふ

スペイン奇想曲流るる夜の部屋のなか孔雀サボテン開きはじめつ

生活にめりはり失せしこのごろのおのれ励まし雑巾を縫ふ

宇和島の小羽《せうば》いりこでだしをとり新潟のもち雑煮に仕立つ

あたたかく今朝は晴れたりパヴァロッティのハイC聞かむ春よびこまむ
（ハイC＝テノールの最高音）

金婚式

日本の茶山に似たりバスにあふぐシチリアの春のオレンジ畑

遺跡にて老いの売りゐるオレンジの大きくまろく南瓜ほどなり

日照と火山灰との賜物かシチリアのオレンジの深紅の果肉

断崖に見下ろす海のエメラルド死を誘ふまで明るく静か

シチリアのチェファァルに買ひし白ワイン「金婚式《ノッツェ・ドーロ》」を老い夫と酌む

声になごみ結婚を決めたと老い夫に五十年経てシチリアで明かす

忘れねば思ひ出ださず

夏ながら冷たき雨の降る街をモーツァルトの生家訪ねつつ行く

共同墓地に埋《うづ》められにしモーツァルトの遺骨いまだに見つからぬとふ

皇帝にパンと気晴らし要求せしビザンツの民衆をこのごろ思ふ

描く人撮る人巡る人あれど秋日なかなるばら園ひそか

忘れねば思ひ出ださずといふことの吾にもありて秋はふけゆく

（武原はん『雪』）

ハモニカ

ハモニカに「故郷の廃家」吹く夫よ眠れるごとく眼《まなこ》細めて

しろがねの針のたばしるごとき音庭にみなぎり雪降り出でぬ

ものぐさなおのれ捨てむと力込め白菜を樽に漬け込みてゆく

ベイゴマを回して遊ぶ男の孫のうまずたゆまぬ声のひびかふ

ひびきくるチェロの音色のなまめきてフランス女の呟きに似る

エアコンの赤きランプがフィルターの掃除をせまる寒きゆふぐれ

黄土断崖

手垢にか薄汚れたる『毛沢東語録』骨董の屋台に並ぶ　（西安）

宋代の女官の俑のまなじりの吊り上がりゐて意思強きさま

紅殻を刷きたるごとくあざらけし黄土の崖の崩落のあと
（黄河上流）

屹立せる黄土断崖のいただきが青き真夏の空と嚙み合ふ

炎昼の庭石の上に蜥蜴の子じつとしをればわれも動けず

庭隈の檜葉の木かげでわれは見つ虫を捕らへて呑み込む蜥蜴

ほろほろ鳥

われの名が活字となればあなをかしひとり歩きのピノキオに似る

名前など符牒に過ぎぬと思へどもわが名を見れば何かなつかし

何となく喋りすぎなり若き日にわれの書きたる随筆いくつ

シチリア産ブラッドオレンジに醸ししとふ酒売りをれば嬉しくて買ふ

艶めける紅のとさかを頭《づ》にのせてほろほろ鳥は小粋に歩む

固有名詞

固有名詞のわが名重たしわが内に固有なるものひとつだになく

背番号つけられて生くるも乙ならむのつぺらぼうの一人となりて

山繭の淡きみどりは孤独なる山の蚕の悲しみの色

生きゆくは生の断面さらすことその傷口がひりひり痛い

春はもうすぐ

シャツ干せば風もなき夜を揺らめきて魂渡るさまかとも見ゆ

若き日のブーニンのショパン聞きながら鍋磨きをり春はもうすぐ

ささやかな充実感を抱きつつ削り揃へし鉛筆ながむ

梅雨けぶる街川の面に真鯉らが背びれみせつつ暗くのたうつ

花びらを瞼のごとく重ねつつばら園のばら昼をまどろむ

石蕗の花

岩肌にうがちし洞にさしおよぶ秋日ぬくとし棺座も見えて

（吉見百穴《よしみひゃくあな》＝埼玉県比企郡吉見町《まち》にある古墳時代後期の横穴墓群）

遠目には穴居住居《サクロモンテ》と見ゆるまで白き山肌に墓穴並ぶ

（サクロモンテ＝ジプシーの住居）

女男《めを》の象徴合はせ持つとて祀らるる古木のうろに賽銭光る

人気なき日暮れの園にあたたかき感じに桜の紅葉散りしく

秋の日の光あつめて一輪づつ石蕗《つは》の花ゆつくりと日を置きて咲く

見ることは占有すること

盲目のペットの羊に餌をやれば鼻に嗅ぎ分け嬉しげに食む

（ニュージーランド）

マオリ族の挨拶《ホンギ》になごむ握手のあと顔近づけて鼻擦り合はす

身をめぐるこのあたたかき血液に過去世の祖《おや》らひそみをらむか

「見ることは占有すること」と言ひたりしピカソ思へり眼《まなこ》病みつつ

ふとき乳棒

骨壺に長さ余れる脚の骨ふとき乳棒もて打ち砕かれぬ

鉢植ゑの観音竹が地下道に海藻めきて葉末そよがす

夏の日の山の日ざしのやはらかさ養はれゐる思ひに過ごす

通販にもとめしワゴンの組立てに今日を過ごして満ちたりてゐる

がらんどうの心気づかれざるやうに花柄のワンピースに今日は装ふ

Ⅱ　二〇〇三（平成一五）年〜二〇〇七（平成一九）年

わがルーツ

彼岸花ほほけはてしを見つつ来て五輪塔さぶる介山の墓
（羽村・禅林寺）

十文字に細引《ほそびき》かけし石をおき結界とせりこの古き寺

「助けて」とさけぶ自が声に目ざめしが何に怯えてゐたるかわれは

昆虫のごとも身かろく働くとわれを目に追ひ夫は興がる

わがルーツ南国なりや先島にとろけるばかりにくつろいでゐる

ひよどり騒ぐ

縄文米まぜて炊きたる赤飯のむらさき深しにほふばかりに

カイガラムシつぶさむと楓の木に登るわれ脅すがにひよどり騒ぐ

彫り深きアフガンの子らの顔映りアレクサンドロス大王のむかし偲ばす

テント張りの下にて子らは学ぶとぞ空爆に焦土と化ししアフガン

空襲に逃げまどひゐし少女の日アフガンの子らを見ればよみがへる

手織の秘密

口伝にて伝へ来しとぞ目もあやなグアテマラ・レインボーの手織《ており》の秘密

民族衣装によそほひて市《いち》にあつまれるマヤの女《をみな》らを分けつつ歩む

みづうみに腰までつかり髪あらふパナハッチェルのマヤの女性ら
（アティトラン湖）

祈りつつマヤの媼は使徒像のすそにラム酒を手もて振りかく

栗の花はげしくにほふやり直しきかざる青春思はしめつつ

「大事なことは目に見えない」と語りかけし星の王子さまのことば記憶す

追はれゆく夢

裏庭の茗荷の根方に茗荷の子リボンのごとき花咲かせをり

鼓動ともまがふ滴り聞きながら露天風呂にひとり目をつむりをり

追はれゆく夢なりしかど最後まで我の手をとりくれしは誰か

「石ころでも何かの役に立つてゐる」そんなことを思ひ気を取り直す

女子修道院跡

先住民の教化のためにグアテマラへ送り込まれき神父幾人《いくたり》

神父ランダの肖像見つむマヤ文明絶やさむと手段選ばざりける

アンティグアの女子修道院跡に窓のなき石室遺れり仕置部屋とふ

石牢の床に彫られし細き溝トイレの跡ぞ浄く乾ける

十歳《とを》ばかりの少年にしてニッカーズはけるがあはれ土方してをり

蔓ふとき〈しめ殺しの木〉グアテマラの熱帯雨林の巨木にからむ

道よぎる綱に示されグアテマラ・ホンジュラス国境かげろふの立つ

寄り目こそ美男の証《あかし》コパン遺跡の巨《おほ》き石碑《ステラ》にありありと彫る

（ホンジュラス）

仏手柑

寺庭の木につながれて屠られし牛を思へとしとど降る雨
（下田・玉泉寺）

屠殺用の牛つながれし仏手柑枯れたる跡に若木生ひ立つ

厄落としめぐりと地下の暗黒を壁手さぐりに息つめつたふ
（稲取・済広寺）

カフカ親しも

夜のふけを引き込まれ読む手足《てだ》りなる池内紀《をさむ》の『となりのカフカ』

保険会社に昼間を勤め夜を書きてベジタリアンなりしカフカ親しも

勤め持ち睡眠と食端折りつつ書きたるカフカ若く逝きにき

フルートとハープのデュオが甘やかにホールにひびき心とけゆく

あなたのこと忘れたくつて土を掘り花咲かすのよと女は唄ふ

根なし雲

演劇に打ち込みてゐし若き日よわが想ふ人に追ひつきたくて

少しづつ夢を捨てつつ生き来しと寒空に浮く根なし雲仰ぐ

癌病みて三年めの姉やや太り奇蹟のごとし元気に動く

内に抱く清き泉をくむごとく姉は語れり亡き父母のこと

フィンカ・ビヒア

海のぞむフィンカ・ビヒアは丘の上ココナッツ林吹きのぼる風

（ハバナ郊外。スペイン語で眺望楼。ヘミングウェイが二十年ほど住み、現在は博物館）

真裸でモンローとヘミングウェイ泳ぎしとふフィンカ・ビヒアのプールをのぞく

ダイキリはライムの香《か》するあさみどりヘミングウェイ偲び海辺にて飲む

コヒマルの海のかがやき見はるかす園にし立てりヘミングウェイ胸像

清水ながるる

チェ・ゲバラひそみゐしとふ洞窟ぞふところ深く清水ながるる
（ビニャーレス渓谷にあるインディオの洞窟。ハバナの南西約一六〇キロ）

カストロのあとのキューバはいかならむ現地ガイド氏不安げにいふ

米軍基地なき遠き日の唄ならむ「グアンタナモの娘《グアンタナメーラ》」のリズムかろやか

たそがれの機上より見つ銀色の魚跳ぬるかに光れるキューバ

つむじ

孫の背をなでてやさしく寝かしつくああわが子にはしてやらざりし

すがすがしき声もつ若き引売りの八百屋が茄子をおまけとくれぬ

つむじ二つ巻きゐる髪は実のところ美容師泣かせとささやかれたり

脳天につむじがふたつ渦巻くは猿に多しと一書にて知る

芝居絵屛風（絵金）

秋空の光の奥を見つむれば闇ひそむかにときにかげりぬ

おほづめの惨劇の場に配せしは芝居絵屛風の「累《かさね》」なるべし（絵金《えきん》）

芝居絵の泥絵の血のりぬらぬらと蠟燭の火にうかびあがれり

幕末の土佐藩士らの消息に暗殺、自刃、斬首あひつぐ

北斎展いできて歩む森のはて江戸の夕日にもみぢくれなゐ

個室

お化粧に没頭してゐる少女座し電車のそこは個室めきたり

西湖《さいこ》よりあがりし樅の丸木舟年輪くろく縞状に浮く

湯につかり脚をのばせば灯にすきて死黒子《しぼくろ》いくつあざあざと浮く

〈死黒子がほらこんなに〉となげきゐし里親の爺のとほき声する

秩父困民党終焉の地と知る村の野沢菜漬を食めば身にしむ
（北相木村《きたあいきむら》）

うららかな声

鯖雲が夕べの空にひろがりて熱帯の師走秋のけはひす
（メキシコ）

旅人のわれらのために歌ひくるるマヤのマッチョのうららかな声

いにしへのマヤ戦士めく雲ひとつカンクンの空に夕茜せり

崩れたる石のひまより首《かうべ》あげイグアナひとつ風きくごとし

（ウシュマル遺跡）

ももいろのフラミンゴ

湖《うみ》に棲み水染めあげておびただしぼうふらほどのくれなゐのえび

（セレストゥン湖＝ユカタン半島北西部、メキシコ湾沿ひの自然公園の中にある。保護区になっていて、野鳥の宝庫。小えびは鳥の餌）

ももいろのフラミンゴ幾羽みづうみに花綵《はなづな》のごとつらなりて浮く

羽根ならべフラミンゴ翔ぶ夕焼けのユカタン半島のセレストゥン湖の空

マングローブの梢にとまる鵜の鳥の黄いろの嘴《はし》が夕つ日に映ゆ

全身を大夕焼けに照らされてわが引くかげのひとトき失せぬ

声ひくき老い

「猛獣はサバンナの宝」とテレビにていふ青年に拍手おくらむ

海棠の花吹きゆする風ありて裾みだされしごともうろたふ

生命線のどのあたりゆく今ならむ末はデルタの網の目に消ゆ

交番で物乞ひのごと道を聞く声ひくき老いとなりはてにけり

マーラーの『私はこの世に忘れられ』ラジオに流れ雨さむく降る

しろがねのとばりのごとき霧雨に降りこめられぬ野の木もわれも

珊瑚の海

環礁の抱くラグーンの青みどりそのわだなかのくろき島影　（タヒチ）

ゴーギャンをとりこになしし南海のみどり黒ずむ島に降り立つ

かをり高きティアラの花のレイをもて島人は空港にむかへくれたり

グラスボートに覗く珊瑚の海のいろ熱帯魚群りんりんとゆく

金色の鎌に似る月きつさきをタヒチの夜の海にしづめぬ

泥つき葱

このごろのわれのあこがれパルミラの肌あさぐろき女王ゼノビア

大国のローマにそむきとらへられ食絶ちて死にき女王ゼノビア

駅前にマンション建てりによきによきと泥つき葱のごとく不敵に

歌ふごとクラリネットを吹く人のかたはらにゐて冬夜はなやぐ

老後といふ砂の城より這ひ出むとカミーユ・クローデルの彫刻展巡る
（府中市美術館）

『オーギュスト・ロダンの胸像』の目の暗さ胸までとどく髭が波打つ

（カミーユは一八六四年の生まれ。弟は詩人で外交官のポール・クローデル。カミーユは、十八歳のとき、ロダンのアトリエに入った。やがて助手になり、モデルも務めた。ロダンは当時、四十二歳で、内妻のローズがいた。しかしロダンは、美しくて才能豊かなカミーユに恋をした）

謎の死

〈謎の死〉といふがこの世に迷ひをりゴーリキーの死ルートヴィヒの死

（バイエルン王国のルートヴィヒ二世は、医師グッデンと散歩に出たが、二人はシュタルンベルク湖で溺死体となって発見された）

ゴーリキーの変死をめぐりスターリン関与の説が七十年生く

こはいもの見たさといはむスターリンがらみの本をつぎつぎに読む
（亀山郁夫『磔《はりつけ》のロシア』、ジャン・ヴァン・エジュノール『トロツキーとの七年間』など）

いちにんの死は悲劇なれど幾万の死は統計と言ひしスターリン

段取り

〈お年寄り〉と言はるることの多くなり包囲網とし老いは迫れる

子を背負ひ鎌倉のうみおよぎゐし夫も老いたりいまは杖ひく

仕事とはその八割が段取りと和菓子老舗のおかみが語る

草取りに一心不乱にはげむとき過去も未来も今すら見えず

翅鳴らしむぎわらとんぼ群れとべり富士二合目のあかきゆふぐれ

Ⅲ　二〇〇八（平成二〇）年～二〇一一（平成二三）年

走り根

まひたけを食みて舞ひたし秋夕べしづかなる老いに入らむとしつつ

白樫は池のなだりにそそり立ち滝のごとくに走り根たらす

（三宝寺池）

池岸の樫の走り根いきほひて入水の姫の塚にかぶさる
（姫塚）

乗車賃を倍はらふべし脚ひろげ二人分の席占めゐるをとこ

立ちながら居ねむりてゆらぎ電車待つブーツの少女よ新宿は昼

アイロンかける

ワイシャツにアイロンかけるお決まりの背中、袖、胸、衿の順序で

落蟬を起こしやらむと手にもてばあらあらしくも翅をふるはす

うろこ雲いつぱいの空　泣ける子を負ひてあやしし夕暮れのこと

夜の灯になきがらの姉照らされてひろき天庭すずしく光る

死後硬直のなるまでといひ死者の胸の合掌の手くび人はしばれり

姉の通夜で抱き合ひて泣く老女らよ死者とのゆかり話しくれぬか

心のつかれ

耳遠き自覚もたざる老い夫となぞかけのやうな会話にはげむ

僧の打つ木魚の音にかぶさりて柱時計が鳴りはじめたり

枯葉さへとかげと見ゆるこのごろの心《しん》のつかれはいづこより来る

梵鐘のこゑひびき来て寒山寺の格《がう》天井の花鳥ゆらめく

（御岳渓谷。ＪＲ青梅線、沢井駅下車。渓谷にかかる楓橋《かえでばし》を渡ると、そのたもとに寒山寺があり、かたわらに、唐の詩人張継《ちょうけい》の七言絶句『楓橋夜泊《ふうきょうやはく》』を刻んだ碑文が建つ）

頻婆果

インターネットに古本としてわれの著書三十五円の値のつくがあり

まつくろなヘリの編隊だうまうな虫とも見えてうなりつつ飛ぶ

ものを干すわが胸もとにはたと来て青き蟷螂斧ふりかざす

暮れおそく替へたるたたみ青石を踏みわたるかに足裏にかたし

紅梅が一輪咲けり頻婆果《びんばくわ》のなまめくいろのくちと見えつつ

どくだみを抜く

くろくこごれる即身仏のミイラ見し幼時の記憶こころを去らず

いますこし身軽にならむとりあへず図書館にゆき二冊を返す

心よわくなりてはならじ庭に出でにほひはげしきどくだみを抜く

老いの身は物悲しくてブラームスのヴァイオリン・ソナタ「雨の歌」聞く

こんにやくが葉をひろげをり蛇に似るはだらなる茎きは立たせつつ

外壁を蔦這ひのぼり遠目には絞めあげられてゐるやうな家

川島君

わが背《せな》の凝りもみほぐすマッサージ師の川島君に身をまかせをり

庭の草ぬきつつ心やすらぎぬ老いて依怙地な夫をゆるさむ

キスしてもおちないとある口紅が鏡台の引出しの奥より出でぬ

歌会へとい行くバスより見えてゐつ酒場《バー》の看板「珍竹林」が

止まりたる時計の時間合はすさへ億劫になる寒きゆふべぞ

大輪の花

昨日のこと今日はわするる老い夫や未来志向といふにはあらず

魚のごとまなこ見ひらきみどりごがバス　で向き合ふわれに目を据う

み熊野に教師なりし日しづか夜をとほき潮鳴り聞きてねむりき

死に場所はどこがよきかと問はれなば補陀落の海の果てとこたへむ

思ひ出は大輪の花ほのぐらきこころのなかにひそかにひらく

遠花火

なみだぐむ目のごとうるむ月低しやよひ七日のあたたかき宵

ゆく春をこぬか雨降るもどかしさ葬りて来し恋を思ふ日

あゐふかき宮古上布の夏ごろも蜻蛉《あきつ》のはねのすずしさに透く

四十六で聾となりたるゴヤのことひと日読みつつうらがなしもよ

遠花火くだけ散りたり介護放棄をときにもくろむ胸にひびきて

へちま水顔にしつとりとなじませて朝の化粧《けはひ》はそれでおしまひ

抑制ベルト

白蝶草の花のみつ吸ふはなあぶの羽音かそけしあさかげのなか

テレビドラマのゲゲゲの女房エプロンをいつもしてをりわれとおんなじ

消灯後を起きいだしてはもどされて　入院の夫よ何にたかぶる

ベッドの柵に昼を垂れをり幅広のしろきズックの抑制ベルト

抑制ベルトされゐしあとか老い夫がへそのあたりをゆるらかに撫づ

計算ドリルに夫がいどめり千年のねむりのあとの微笑うかべて

秋空

九月一日晴れたる朝の中空にうっすらとしろし片割れの月

ケータイの待ち受け画面にえらびたる空が秋空と気づく秋の日

ゆつくりと古きむかしをものがたり秋空の雲かたちかへゆく

いそのかみふるさと恋ほしあかねさすほほづきの実をくちにふふめば

夜の電車地の果てまでも走りゆけ君が香いだくわれをし乗せて

夫のかひなあたたかし

人工骨頭が摩滅せぬやうゆつくりと歩くがよろしと医師がのたまふ

ウォーキングたのしけれども一歩ごとに死が近づくと思ふときあり

開頭術後十日を経しに老い夫よなぜこんこんとねむりつづける

昏睡の夫のかひなあたたかしはじめて触れし彼の日のごとく

手術から十二日めに目を開けたる夫の頰をいくたびも撫づ

リュックの口しめ忘れたまま背負ひをりあはれ荒寥と老いは到りて

長くし生きよ

ウォーキングのわれにつきつつ昼の月松の梢を今しわたれり

甘やかにジャスミンの花にほひ立ち置き去りにせし若き日の顕つ

もの言へずただ寝たきりの夫なれど会へば病室にやすらぐわれは

おはやうといへば静かに目を開けて　それだけでいい長くし生きよ

夫見舞ひ帰るさの道ははばからずけやき若葉の下でさしぐむ

こんど泣く日

見えず言へず寝たきりの夫の手をさする愛撫といふより按摩めきたり

病む夫の回復の見込みはゼロなりとくりかへしいふ医師をし憎む

回復の見込みなくとも生きてゐる今日ただいまの夫を愛す

いだかれてやはらかかりし夫の胸いま病みやせてあばら骨立つ

大泣きのあとはしつかり飯《いひ》を食むこんど泣く日にそなふるためぞ

ドライアイスいくつもかかへ亡骸は石のごとくに冷えきりて臥す

（平成二三年八月一日）

保険証とケータイ

夫は逝きのこりたるわれは猛暑日の夕べを庭の木々に水やる

星の王子さまのミュージアム訪ひクスクスを食べし日ありき健やかな夫と

（仙石原）

夢に来しいまは亡き夫耳あかをとれとぞわれの膝に頭《づ》をのす

つひにゆく道につづける今日の日をああはればれと人はほほゑむ

保険証とケータイをいつも携行す路上にたふるることもあらむと

Ⅳ

二〇一二（平成二四）年〜二〇一六（平成二八）年

黄菊白菊

納骨を終へしまひるの山墓に風ややいでて法師蟬鳴く

日にしろく光れる道をゆきゆかば腕をひろげて夫待つらむか

待合室で老女二人が手話しつつときにからからと声あげてわらふ

千金を積めどかへらぬ亡き夫よ笑顔よかりきただに会ひたし

さみしければ黄菊白菊植ゑならべ日のあたるさまをりをりながむ

苦しきばかり

あたたかくなりたる今宵尊馬油《ソンバーユ》とろりととけて肌になじめり

雪の富士電車の窓に見えしより独りぼっちのこころほどける

いのちありて今日くぐりたり金色《こんじき》の花咲き垂るるミモザの下を

菊の苗まけてくれたりまんぢゅうにかぶりつきつつ苗売る男
（高幡不動境内）

風吹けば定家かづらの花の香の身にふりかかり苦しきばかり

鳰のうみ辺

草の上にちりぼふさくら拾ひきぬ鳰のうみ辺の春の朝明け

さざなみの滋賀のうみべに埋もれつつ魚貝の化石むかしがたりす

相談といひつつ結局それぞれの主張とほして母と子が住む

夫逝きてなさけを交はすひとをらずどぼんどぼんと気持がしづむ

せいせいと目高およげり水槽に「三匹八百四十円」の札

山といふ文字

手ならひの山といふ文字たけ高くどつしり書けと直されにけり

みぞおちのあたりを起点に歩をはこび猫背になるを防がむとする

男ばかりのエレベーターのなか息苦し女のオーラ失せたるいまを

夫逝きてひととせ経たるこのごろを五障三従のをしへちらつく

かしはばあぢさゐ

道の辺の木つ端と見えしむらすずめ鳩寄りゆけばいつせいに立つ

夫ねむる山の墓処のもみぢせる雑草《あらくさ》ぬきてきよめまゐらす

夫の墓に手を合はせたり外つ国のわがひとり旅まもりたまへと

こぞり咲くかしはばあぢさゐやはらかき白きマッスとなりていきほふ

初秋のスーパーで売る桃の実のからくれなゐや新種「夕空」

遺跡門外

やはらかにほほゑむ仏しろく光《て》り頬ゆたかにて亡き夫に似る
（アンコール・トム）

地雷踏みて手や足や目をうしなひし男らの組む民族楽団

地雷被害者ら一心に奏づ喜捨乞ふと遺跡門外の地べたに座して

花束のごとくにねぎをかかへもち毛皮のコートの老女うれしげ

駅前の横断歩道の青信号赤信号よりうんとみじかい

眼力

ショルダーを袈裟がけにして手で押さへリスボンの場末ふはふは歩く

ましぐらにわが死よ来たれ黒衣着てのどしぼりつつ歌ふファド歌手《ファディスタ》

伴奏の老ギタリストの首筋をさすりながらにうたふファディスタ

「こんにちは《ボンディア》」と声かけくるる老いのゐるナザレの浜の朝を散歩す

売られゐる鰺のひらきの眼力《めぢから》にへきえきしつつ朝市めぐる

マグノリア椿しゃくなげこぞり咲くポルトガルの春にとっぷりつかる

馬酔木

岩かげの馬酔木が花をこぼしけり五月はじめの富士の二合目

からまつが枝さしかはす細きみち杉苔あつくしげりてにほふ

ひまはりの花ことごとく陽に顔をそむけて高くぱつちりと咲く
（山中湖・花の都公園）

二度三度庭におりたちあめに咲く宗旦むくげの底紅に寄る

月しろく高くおほきく澄む今宵亡き夫の顔しきりにうかぶ

かがやく時間

トンネルの出口のむかうあかるくてみどりしたたり他界めきたり

去年まで気にならざりしゆるき坂のぼりあぐねて聞く山の蟬

夕立の雨のはげしさ陽に灼けし鉄平石のテラス湯気をあげをり

道風《たうふう》に息合はすかに臨書せり「秋萩帖《あきはぎでふ》」の草仮名《さうがな》のうた

手習ひの「書者心画也《しよはしんぐわなり》」くり返し筆に書きつつうべなふばかり

庭先に黄色く光るくわりんの実かがやく時間まだあるごとし

行成の書

清少納言となさけ交はししと知りてより行成《かうぜい》の書のなにかなつかし
（藤原行成）

切つ先のごとくするどく光りつつ雪どけ水の坂をはしれり

マンモグラフィーの診断すると早乙女がしぼめるわれの乳房こね上ぐ

屋根に積む雪につらなり浮かぶ雲あはあはとして春光まとふ

バレンボイム弾けるピアノのやはらかさ春の朝をモーツァルト聞く

声のよかりき

空に浮く雲としろさをきそひつつ梨の花咲けり旧街道に

ブラームスのチェロ・ソナタ聞く夕まぐれ春愁のかげ吾をよぎれり

スーパーでインカバナナを買ひにけりエルドラードの黄金の色

新鮮なりんごになつてあのひとに食べられたいと若くおもひき

新劇に熱中してゐたあのひとはうそつきなれど声のよかりき

声フェチといふならば言へ人間の声には三世やどる気がする

分速五十米

インド製のうすもののシャツ身にまとひ熱帯化しるき町に出で立つ

もののふのごとく満身にきずもちて旧街道にのこる椎の木

つひに行く道の入り口さがしをり分速五十米でせつせとあるいて

満期保険金うけとれば今日よりはあらずもがなの命となりぬ

ひきこまれ書を読む夜ふけ世の中も時間もおのが老いもわすれる

お台飯

不動明王の火焔のいろの幟旗《のぼりばた》たちならびつつ梅雨に入る寺

しやきしやきと牛乳パック切りひらくキッチン鋏の音のすずしさ

庭先の宗旦むくげ咲きいでて八月の朝の完璧となる

さし芽からそだてたる菊秋の日をつぼみ目に立ち青白く照る

お台飯のつきるといふを思ひをりはかなきまでに食ほそりつつ

耳とほき身を
かんなづきもみぢさかりの山に寝てはらわたまでもあかく染まれり
胸の上に手のひらかさね眠るくせ死者のいでたちに似るとおもへり

モノトーンの暮らしよさらばヘンデルのハープ協奏曲《コンチェルト》くり返し聞く

わが詠める歌の寂しさ子が言へりそりやあさうだよ「咳をしても一人」

水琴窟の音を聞かむとかがめども耳とほき身をただに日は射す

葉山繁山

オランウータンに会はむととほくたづね来ぬ葉山繁山ボルネオの森

キナバル山ふもとの村の森の奥ラフレシア咲けりくれなゐくらく

源泉にふるれば熱し日本軍の掘りあてしとふポーリン温泉

かぎかけて出でてもどりて確かめてまた出でてゆくわれの老いざま

高きより散りこぼれたる葛のはな崖の裳裾ににじむむらさき

庖丁の薄刃

倒木がをりをり径によこたはり芽吹きのときを樹海をぐらし
とほき地平ながむるごとく目を細め明日の献立かんがへてゐる

一日にてしぼむ百合なりチグリジア花心の虎斑《とらふ》おどろおどろし

庖丁の薄刃で指を傷つけぬはなればなれのこころとからだ

生きること面倒なれど目ざむればその一日を生きねばならぬ

ブラームスの憂鬱

チェロ・ソナタ日がな聞きつつブラームスの憂鬱がわが憂鬱となる

わがいのちをはる日はいつ蟬声のひときははげし嵐のあとを

脳内のメルトダウンのすすめるかあの友あの地の名前浮かばず

来た道をまたもどりゆくむなしさよ遠き追憶まさぐるに似て

紅葉が火の粉のごとく降りそそぐ富士二合目にわれも燃ゆべし

小柄なるわれにてあれど手のひらの大きく厚しありがたきまで

とげだらけ

そりかへる朴の落ち葉の銀いろのをりをり光り風にふるふも

とげだらけの楤木《たらのき》の幹いたいたしまるでわたしの心のやうな

歳晩の夜ひむがしにべつたりとあかき満月ひくくいでたり

あの世への待合室かとおもふまで夜の病室のあかるくしづか

枕べに寒の鴉の声ひびき国のはじまりのやうな朝明け

大海の一滴の身とおもへども一滴の生もなかなか難儀

もう踊れない

老いの身にノルマを課して生きゆくはそろそろ無理か　なあ春雨よ

うらうらと花咲きたるる海棠を見つつはげまむわたしの今日を

稽古場でフォックストロット踊りしよ三好十郎氏と少女のわれと

足弱くもう踊れないわれなれどラヴェルの「ボレロ」聞けば浮き立つ

スクワットでわがかがむとき窓の外の遠景のビルつとのびあがる

アカンサス

こくうすく墨をながして梅雨のそら竜王のぼるごとき雲行き

里親のぢいぢと畑ですごししよ千日紅のはなが咲いてた

アカンサス丈たかく咲けりギリシアへといざなひくれし小川国夫氏

世の中の日々のうごきはさておきてあぢさゐの寺に紫陽花を見る

あかあかと節黒仙翁《ふしぐろせんをう》むれ咲けり山ガールなりし友のおもかげ

なまぬるき雨

裏富士の日照雨《そばへ》みじかし降りたちて露団々のからまつあふぐ

やや止みてまた降り出だす山の雨なみだのごとくなまぬるき雨

梅雨明けを牛蒡の広葉畑にゆれ里子なりにしとほき日のたつ

ぽんこつの電子レンジが起動していぢらしければ捨てられなくに

世の中は残暑きびしゐとかげさへ崖の日かげにじつと貼りつく

V

二〇一七（平成二九）年～二〇二〇（令和二）年六月

どんぐりいくつ

夜が来てまた夜が来ていつとなく老いきはまるとおもふ秋の夜

道ばたのどんぐりいくつ木もれ日にをりをり映えて晩秋の山

何につけ迫力のなきわれとなり木の葉のごとくただよふばかり

生け垣のあかき山茶花勲章のごとくまっすぐ前向きて咲く

紺瑠璃の冬空たかくひとひらのうろことも見えへリコプター浮く

流星のかけら

豆柿のおびただしくも熟るる木に寄せては返すひよどりの群れ

公園で連凧あげる子どもらの喚声ひびき水仙わらふ

さみどりの新芽かがよふ沙羅の木に彼岸翌朝の雨あたたかし

大枝の風にゆらげば咲くさくら一輪いちりんこまかくふるふ

一日に十八億個降るといふ流星のかけらわれら浴びゐむ

気象予報士

真清水をふきいだすがにすがすがし春の朝明《あさけ》の著莪の花むら

アマリリス、アカンサスはたアガパンサス「ア」のつく花が庭に咲きつぐ

葬儀場の広告ばかりながれゐる市役所ロビーのモニター画面

やはらかにあづましやくなげ咲きみちて顔を寄せ合ふ少女のごとし

とほき日の恋おもへとか行くみちに定家かづらの花のにほへる

星のなき穀雨のころは満天星《どうだん》の花見よといへり気象予報士

青胡桃

頬かぶりマスク手袋に身をかため雨戸をあける蜂の来《こ》ぬ間に

天敵のカラスの見えぬ山のなか大雀蜂《イエロー・ジャケット》ガラス戸を打つ

わくら葉をひろふとしやがむ目の前に青胡桃落つ音立てて落つ

コミセンのまつりの屋台すりぬけて出でたる道にひぐらしの鳴く

音を消し赤色灯を回しつつパトカー待機す祭りのそとで

青桐の広葉をゆらす風ありて天下の秋の近づくけはひ

空元気

しぶくごとハクセキレイの押しよせて沙羅のもみぢのはららくばかり

木から木へかかる蜘蛛の巣秋雨のしづくを捕らへしろく光れり

紅葉をながめほうけてひと日過ぐ山のくらしは単純素朴

わが来世あかるきごとしたどりゆく富士北麓のもみぢたけなは

としの割に元気ですねと言はれをり空元気《からげんき》だと気づいてほしい

のつぺらぼう

ごぶさたをしてゐしからにパソコンがわが言ふ事をとんと聞かざる

野ざらしの石の仏の六観音のつぺらぼうの顔の明るさ

十一面観音菩薩をろがめり修羅をかかふるわれとおもへば

「もう」ぢやなくまだ午後二時と思へればちよつと時間を得した感じ

枯れ果てた蕗の広葉の吹く風につと浮きあがるうちはのやうに

かのユダ

向きかへてあゆめば景色あらたなり枯れ木の果ての春の横雲

新聞のひとつをやめて創刊時小《こ》新聞なりし「朝日」のこれり

大新聞《おほ》「日本《にっぽん》」により子規居士は俳論歌論くりひろげたり

ハイドンからモーツァルトに移り明るさよわが乗れる機のプレイリストは

オキザリスぶた菜ミモザとあざやかな黄の花おほしマルタの春は

かのユダが首を吊りしとつたへつつ紫荊《はなずはう》咲けりつぶつぶと咲けり

でむし

カラフルな舟のへさきに眼を描き魔除けとなせりマルタの人ら

カラバッジョの絵に会ひたくて来しマルタ野垂れ死にさへ覚悟してゐた

人殺めマルタに逃げて『洗礼者ヨハネの斬首』描きたる画家

カタコンベを地下にかかふる石畳ミニトレインが大きくはづむ

背教をこばみ殉教とげにける聖女アガタのカタコンベはや

巨石神殿遺跡のそとの野の草に光るででむしじつとうごかず

無花果

葉牡丹の渦ながめつつ目まひせり迷ひかさねしわれの一生か

いちじくの「いち」は乳《ちち》とぞ若く逝きし母を恋ひつつ無花果を裂く

いちじくの「いち」は乳にて傷つけば枝から葉から乳のしたたる

ディディマ遺跡に摘める無花果むさぼりし遠き日ありてわが命なり

いさぎよく灯を消して寝る明日の朝きっと目ざめる保証なけれど

袖口のほつれ

やぶかげに灯れるごとき柿のいろ谷戸の農家の日暮れはなやぐ

のぼりゆく坂のはたてに水銀の湧くとし見えて冬の落日

公園のさむきグラウンドよぎれるはハクセキレイの一羽とわれと

着古しのポロシャツなれど捨てがたく今日はつくろふ袖口のほつれ

紅葉の山

日はさせどけさは紅葉の山冷えて手袋が欲しマフラーが欲し

山小屋にひとりし寝《ぬ》れば身はほそり心も細りまして秋の夜

乱読をつづけたせゐかわが脳《なづき》コンクリのごとかたまつてゐる

さやさやと山の木の葉は風に鳴りこぬかのやうな花殻を撒く

からまつの黄葉の木下かぎゆけりずんぐりとせるゐのしし二頭

たちまちおぼろ

スカーフと手袋失せてかへらねど命なりけりまた春は来ぬ

ただよふと見ればほどけて春の雲とりとめのなきわれの日常

わが記憶とどまらずけりうす墨のかわきゆくごとたちまちおぼろ

落日にむかひてあゆむなつかしさ梅の林に梅のはな咲く

雪のこる富士登山道の馬返しからまつの芽のまだいとけなし

老鶯のこゑ閃けり

夕ぐれを梅雨あかりして老鶯のこゑ閃けりしろがねのこゑ

梅雨のあと酷暑つづける夏を病み一日《いちにち》一生《ひとよ》のおもひにすごす

皿あらふ手もとの暗さ窓の外の山の青葉のかげかもしれぬ

到来の出雲そばなり夏ばての身に添ひくるる味のやさしさ

朝日まばゆし

野沢菜とひじきのお焼きひとつづつチンして食べるひとりの昼餉

メキシコ産アスパラガスと愛知産トマトの「アイコ」夕餉いろどる

「お～いお茶」飲みつつあふぐ日の暮れの空いちめんに光る鯖雲

道の上にかげを落とせる一本の枯れ木に倚《よ》れりわが影法師

山霧のやうやく晴れて裏富士のもみぢの梢に朝日まばゆし

からつぽ

日の入りを待ちてのぼれる二日月ひくくはあれど光するどし

米寿まで生きながらへたこのからだ母より享けて母をすまはす

きさらぎはわが生まれ月たらちねの母わかくして逝きましし月

橙《だいだい》に臙脂《えんじ》、お納戸《なんど》、芝翫茶《しくわんちや》といろつややかなボタンつけ糸

洞窟の奥のくらやみさぐるごとポストをのぞく　今日もからつぽ

あとがき

一九九八（平成一〇）年九月から二〇二〇（令和二）年六月までに詠んだ歌の中から、四二八首をえらび、第二歌集とした。年齢でいえば、六六歳から八八歳半ばまで。その間、初めのころは、グアテマラやキューバなど、中米の国々を巡った。夫は、生まのスペイン語を聞きたがった。しかし後半になると、そうはいかなくなった。持病が悪化したこともあって、二〇一一（平成二三）年八月に亡くなってしまった。一九二七（昭和二）年生まれの八四歳であった。私も、左大腿骨頸部骨折で入院した。姉や兄の死にも遭遇した。

松本健一氏は、『北一輝論』のあとがきの冒頭に、こんなことを書いている。

ひとの生誕は偶然にみちているが、ひとの死というものはなんとまた確実であることだろう。この生誕と死のあいだに繰り展げられるひとの一生は、それゆえ、偶然から必然に遡る道程であるといいうるかもしれない。

しかして私もまた、この歌集のひそめている二十年あまり、その必然に向かう流れのなかを、「さまざまな邂逅《かいこう》」や「別離」のあわいを、ただひたすら漕ぎのぼっていたことになる。なんとも意気の上がらない話だが、一方で、こんなことばに出くわす。

「Your story, our hisrory」

（朝日新聞2019年8月9日朝刊「折々のことば」―鷲田清一―より）

これは、オーストラリア国立公文書館のホームページに、「2010年から17年まで掲げられていた標語」だそうだ。「人の一生にはそれぞれの背景と物語がある。国家の統治にもまた経緯と歴史がある。その一つ一つを大切にし、闇に葬ることのないよう…保存する」というのだ。

ピアニストの中村紘子さんが亡くなったのは、二〇一六（平成二八）年七月二六日のこと。行年七二歳。まだ若いのにもったいない、と思った。その昔、彼女が芥川賞作家の庄司薫氏と結婚されたとき、そのきっかけがユニークで、驚いたことがあった。彼女のもの言いは、いつも率直で個性的だった。そうした彼女を、かげながら応援するような気持ちで見守っていた。そして訃報に接したとき、彼女が出演していたあるテレビ番組のことを思い出した。亡くなる十年くらい前のことになるだろうか。紘子さんは、一緒にテレビに出て、話し合っていた俳優の大和田伸也氏に、

「あなた、とってもいい声をしてらっしゃるわねえ」

と感嘆したように言ったのだ。それを聞いた大和田氏は、「えっ？」というような顔をされた。生得の、何のたくらみもない声をほめられて、とまどっている風だった。大和田氏の声はバリトンに近い。

番組を見ていた私は、紘子さんのいう「いい声」の「いい」には、「聞き手が幸せな気分になるような」というメッセージがこめられているような気がした。かつて私も、そのような声に心を奪われたことがあった。

新鮮な林檎になつてあのひとに食べられたいと若くおもひき
新劇に熱中してゐたあのひとはうそつきなれど声のよかりき
声フェチといふならば言へ人間の声には三世やどる気がする

三首とも、この歌集に入っている。そしてこのなかの一首から、歌集名を拾いあげてくださったのは、本集の選歌を担当された狩野一男氏である。

ジャン・コクトーに、女優一人のモノドラマ『声』がある。その原名は『人間の声』だ。

劇中、女が、去ってしまった男に電話で話している。

「……何でもいいから話してちょうだい……わたし、ほんとは地面をころげ廻りたいほど苦しいの。でもあなたの声を聞いていると、気持がよくなるし、眼がつむれるのよ……」
（岩瀬　孝訳）

そして、高野公彦氏の次のような一首を見いだす。

わが肉に入りてひろがるやはらかき女性性器官の一つかな〈こゑ〉　『水行』

私の歌の「あの人」は、高校で同学年だった男子生徒のT。戦争中に、東京から大垣に疎開してきた。戦後、男女共学の新制高校が発足したとき、クラスは別だったが、演劇部の部活で顔を合わせた。文化祭の公演では、彼は演出を、私は小道具係を担当した。

Tは背が高くて肩幅が広く、顔が大きかった。赤ら顔で頬骨が張っていたが、目じりが少し下がり、やさしげな印象だった。美男子というのではなかったが、声がよかった。色にたとえれば、ボルドーか。なめらかな高音で、つやがあった。聞いているとと気分がよかった。押しつけがましいところや激しさはなかったけれど、話すことにも説得力があって引き込まれ、思わずうなずいていた。しかし彼が、私に関心を持っている様子はなかった。

高校の卒業が迫ったとき、彼が私のノートに、書きつけてくれたことばがある。近松秋江の文章からの引用だと付記されていたようにも思うが、文言《もんごん》を含めて記憶がおぼろで、確かめるすべもない。

喧噪の巷にありて、われひとり姿醜く、惑いてありぬ。

これは、劣等感の塊のようだったそのころの私のすがただと言い、そこから脱却せよ、自信を持て、と励ましてくれたのだった。万年筆でふとく大きく書かれた文字には、風格があった。

Tは早大に進学し、学内の「自由舞台」という学生劇団に所属して、演出家としての道を歩むことになった。

一方の私は、女子大を出てから半年あまり、三好十郎氏主宰の戯曲座に籍を置いた。そして、秋の公演では、三好十郎作『獅子』の演出助手を務めることになった。

その年、すなわち一九五四（昭和二九）年に、私の書いた『文学座のあり方に対する批判』という応募評論が佳作になり、演劇雑誌『悲劇喜劇』に掲載された。それを見て知ったのか、Tがいきなり、私の下宿先を訪ねてきた。九月に入っていたと思うが、まだ暑くて、私は姉のお下がりのガラ紡のアッパッパを着ていた。Tは、私のえらそうな評論にはふれず、「好きな作家は誰か？」などと問うた。「志賀直哉だ」と答えると、「彼の作品は絵に描いた餅だよ」と笑いながら言った。

しかしその年の暮れ、私は大垣の実家に連れもどされ、自立を迫られ、帰京できなくなった。そして翌年、一九五五（昭和三〇）年の春、三重県熊野市にある県立木本《きのもと》高校英語科教諭として、はるばる赴任することになった。紀勢本線は全通しておらず、天王寺経由で、紀伊半島の海べりをぐるりと回った。給料は高校三級の一万円。そのほかに僻地手当の二千五百円が加算された。下宿代は千五百円。煙草屋の離れの二階にある六畳と四畳半の二間が用意されていた。自炊をした。そのころを回想して、私は次のように歌っている。

稽古場でフォックストロット踊りしよ三好十郎氏と少女のわれと
み熊野に教師なりし日しづか夜をとほき潮鳴り聞きてねむりき
死に場所はどこがよきかと問はれなば補陀落の海の果てとこたへむ

夏休みに上京して、Tを探した。二日めに見つかった。Tは相模原の米軍基地の近くに住んでいた。姉夫婦の家が原っぱのようなところに建っていて、彼は、それとは別棟のこぢんまりした一軒家に、父と暮らしていた。ちょうど昼どきで、父は姉の家に行っていた。姉は基地で、通訳として働いていたようだ。そして私は、日当たりのよい縁側で、テーブルを隔てて向かい合うTに、寄りかかるように恋をしかけた。彼は、あわてることもなく受け止めた。しかしその後、行き違いがあったり、不信感が生まれたりして、遠距離の交流は一年もたたずに終わった。彼の声に包まれて幸福感を得たいという私の願いが、かなうことはなかった。

教師になって三年めの夏、職を得て、私はまた、上京した。そして翌年、結婚した。それからしばらくしてからのことだった。Tが演出を手がけた『泰山木《たいざんぼく》の木の下で』（小山祐士《こやまゆうし》作）の舞台が、学生演劇コンクールで賞をもらったのだ。私はそれを、新聞で知った。一九六二（昭和三七）年の発表だという原作は、『日本の原爆文学⑫戯曲』に収録されている。その第一幕第四景、主人公ハナのせりふに、こんなところがある。

……人間にゃァ、ごまかそうにもごまかしきれん、その人おのおのの、声というもんが、声の性質《たち》というもんが、……ゲンゼンとありますぞ。……

ハナは若いころ、広島でピカにやられ、家族と家財を全部うしなった。そして劇の終盤、老いたハナは、白血病で生死の境をさまよっている。とそのとき、亡き夫の声が聞こえる。

ハナや、早よう来んさいや、わしたちのそばに。

やがてハナは、息を引きとる。六四歳の誕生日の前日であった。

選歌を引き受けてくださった狩野一男氏に、ここであらためて、深く感謝する。氏は私の歌にあたたかく寄り添い、ゆきとどいた選をされ、まるで慈父のようであった。そして六花書林の宇田川寛之氏にも、たいへんお世話になった。電話やメール越しながら、若々しくておだやかな物言いに接して、いつも前向きになれた。氏は、古色にまみれた私の歌に、少しでも当世の風を吹き入れようと、いろいろと努力してくださったようだ。ほんとうにありがとう。

また、私を長い間ご指導くださった選者の方々、支えてくれた三多摩支部の仲間、そして勉強会の面々にも心より感謝を捧げる。そしてコスモス短歌会においては、この歌集をコスモス叢書に加えてくださった。

朝の庭で、宗旦むくげの底紅の花が、はじけるように日に光っている。もう、語ることは何もない。

思ひ出は大輪の花ほのぐらきこころのなかにひそかにひらく
大海の一滴の身とおもへども一滴の生もなかなか難儀
月しろく高くおほきく澄む今宵亡き夫の顔しきりにうかぶ

二〇二一（令和三）年九月

中道　操

著者略歴

一九三二（昭和七）年　岐阜県大垣市に生まれる
一九五四（昭和二九）年　津田塾大学英文学科卒業
一九八〇（昭和五五）年　第五回渋沢秀雄賞受賞（日本随筆家協会）
一九八一（昭和五六）年　コスモス短歌会入会
一九九一（平成三）年　第一三回随筆賞受賞（コスモス短歌会）

（著書）
随筆集『遠ざかる風景』（日本随筆家協会）
随筆集『海は光にみちて　—ギリシアからイスタンブールへ—』（日本随筆家協会）
随筆集『赤いひなげし』（沖積舎）
随筆集『母の帯』（小沢書店）
歌　集『はりねずみの唄』（不識書院）

現住所　〒206—0013　東京都多摩市桜ヶ丘一—二三—三

人間の声

コスモス叢書第1201篇

2021年12月10日　初版発行

著　者――中道　操

発行者――宇田川寛之

発行所――六花書林
〒170-0005
東京都豊島区南大塚3-24-10　マリノホームズ1A
電話 03-5949-6307
FAX 03-6912-7595

発売――開発社
〒103-0023
東京都中央区日本橋本町1-4-9　フォーラム日本橋8階
電話 03-5205-0211
FAX 03-5205-2516

印刷――相良整版印刷

製本――仲佐製本

定価はカバーに表示してあります
ISBN978-4-910181-22-6 C0092